장대송 시집

옛날 녹천으로 갔다

옛날 녹천으로 갔다

차　　례

제 1 부

제 2 부

제 3 부

제 4 부

제 1 부

수타사 계곡

고개 숙이면
수타사 계곡 잔물결이 보인다
물은 빼곡한 숲에서 산수유 피우다가 왔다
물결 사이를 유령처럼 떠도는 치어들
그들은 어디서 왔을까
햇살 닿자 강바닥에 그림자 기어가는 소리
그들은 물 아래 그림자가 낳았다
바람 불면 그림자 보러 가야지
갈 수 없는 강바닥, 물위를 건너는 햇살,
그림자로 자신을 또렷이 만들어낼 줄 아는 부유는 아름답다
바람 불면 그림자 만들러 가야지

옛날 녹천으로 갔다

윤사월을 지내기가 번잡스러워
그늘 속의 유령들이 사는 옛날 녹천으로 갔다
비 내리는 모양이 좋아
낡은 집 문지방에 다리 한쪽 걸치고
깡소주 기울이면
회나무골 이모집에서 밥 부치던 말수 적은 머슴의 가슴 속 같다
누구를 보내려는지 젖은 산수국 아래 어떤 여인이 가파른 느낌을 고르고 있다
산수국 하얀 꽃잎이 빗물에 떠내려간다
깡마른 개가 빗속에서 여인을 힐끔 쳐다본다
그늘 속의 유령 윤사월이 살 부치는 곳
시간의 반복을 견디어내게 하는 곳
여기 폐허가 되어가는 마을 옛날 녹천에서였다

김제평야에 갇히다

지평선에 갇혀 까마득히 사라져봤으면

몸, 나오기 전 있던 것도 없어지고 사라져갈 곳 없어서
나 어디론가 떠나갈 곳도 아예 없어서
찾아간 김제평야
개미귀신에 진 빨린 개미처럼 삶에 진 빨려 희미해져가는 몸 잡아
피멍든 노을을 걸친 김제평야에 들다
이 지평선에 갇힌 生쯤이면
이승 저승 필요치 않을 터이고
생각의 가루조차 모두 사라져갈 것이다
저기 저 산!
평야에 갇혀 천길 꿈속으로 떨어져나간 듯 아득해진 실그림산!
진 빨려 흙모래톱에 너부러진 개미처럼 눈에 띄지 않아 너무 아름답다
저 실그림산들
황혼의 피멍을 빨아먹고 살아가는 지평선이 될 수 있을까?

생을 소비시켜 하루를 연명해야 하는
나 언제쯤 껍데기인 채로 모래톱에 버려질 수 있을까?
평야에 발 디디자 나 몰래 몸이 먼저 울다

그물을 깁는 남자

대포항 어시장 구석에 웅크리고 앉아
그물을 깁는 늙은 남자의 눈

백태 낀 포구
낡은 그물처럼 구름 가라앉고
갈매기들 썩은 생선을 향해 달려들다

張力이 파괴되어가는 수면처럼 흐릿한 눈빛
무녀가 떠난 오래된 당집 같다

뒤엉킨 그물의 틈새기
달팽이처럼 붙어
누군가 아슬히 건너고 있다

물묻은재*

물묻은재 넘어가는 저녁빛이 싸늘하다
당항포 간수 담은 물동이 이고 재 오르던 여인네 없다
깨진 독에 서린 소금기 저녁빛에 하얀데,
옥천사에 버려진 다섯살배기 현우는 생뚱한데,
어둠속에서 꺼멓게 뭉친 언덕은
정신을 副葬시켜온 어떤 防腐士
국민학교 때 부러진 책상다리 못 치던 소사 아저씨의 외로운 곱사등
깨진 독에 서린 소금기처럼
저녁빛에 환할 줄 아는 현우의 전생 부장품은 침묵이다
정들이고 놓을 줄 아는 어린것
다음 무엇이 그를 기다리고 있을까
무엇을 가지고 다음 생으로 갈까
곱사등같이 굽은 물묻은재, 물동이는 깨져 없다
흔들어 오르던 여인네 엉덩이만 괜스레 그립다

* 연화산 옥천사에서는 산불을 예방하기 위해 인근 당항포 바닷물을 독에 넣어 산 능선에 묻는 풍속이 있다.

평강고원에 뜬 달

덤불 속에서 소나기 맞은 도라지꽃처럼 파리해져 찾아간 월정리역

날이 저문다고 전망대의 눈들이 수런거렸고

열차는 월정리역을 빠져나갈 궁리에 녹슬고 있었다

산 위로 펼쳐진 지평선

맨드라미 그림이 누렇게 바래져가는 벽에 걸린 선반이었다

저 지평선처럼 막막한 사람이

다리를 감아줬으면

사타구니 깊숙한 데까지 감아줬으면

몸 안의 달

프라이팬에서 익어가는 무정란 같은 달이

지평선 위로 슬그머니 올라섰다

낙산의 밤, 오징어

산사의 염불
동면하는 이끼들의 포자낭처럼 삶에 붙은 종양
터져서 어둠을 타고 바다에 번진다

집어등이 물 너머 환한 게
수평선은 생각보다 짧기만 하다
빛을 좇아 수평선에 이르자
빛은 몸속 어두운 곳에서 발했다

투명한 횟살을 넣는다
죽음 속에서 꿈틀거릴 줄 아는 습관
죽음만큼 짧은 발 씹으면서
산다는 흉내가 만든 삶의 길이를 가늠해본다
말처럼 입속에서도 꿈틀거리는 흉내
삶이다

산사의 염불은 마른버짐처럼 까칠한 파도를 타고 어둠 속으로 퍼져나갔다

빛의 묘지 1

봄날 저녁햇살을 등지고
해 지난 억새들을 보면 그 싹이 된다
혼령처럼 체머리 흔드는 검은 잎새
그 아래 밑동 잘려 퉁명스런
그루를 비집고 나오니 살갗 낯설다
겨울 선잠 속살 깊숙이 숨은 蛇蟲
꿈틀꿈틀 냄새를 풍기며 일어서는 것들, 억새를 밟고 가는 눈 걸음
빛이다!
봄빛과 느릿이 합궁하는 내 몸빛은? 검다
모든 꽃 속에 숨겨진 검은 빛
왔다 사라짐이 보이지 않아 유독 아름답다
봄날 저녁햇살에 등 기대면
빛의 묘지 속

어달 포구

갈매기 낮게 날아
작은 배를 따라 포구로 들어온다
갑판에서 던져지는 죽은 생선을 낚아채며
앞다투어 뱃머리를 선회한다
생선들의 죽음도 포구로 들어왔다
갈매기의 입에 물린 채
죽음은 수면 위를 떠다니듯 날아 커다란 원을 그려놓고
사라졌다

수심이 얕아질수록 스크루는 숨이 가빴다
모래들은 스크루가 만드는
여러 개의 작은 타원 속에서 분해되며 반짝거린다
반짝거림은 생선들의 죽음만큼 분주하다
어린 갈매기는 바위에 따개비처럼 붙어
곁눈질로 어지럽게 꾸려지는 포구를 엿본다

포구의 작은 배는
저 막막한 수평선에서 왔다

명태 덕장에 박힌 말뚝처럼 쓸쓸해져봤으면

속초 분지 마른풀밭 명태 덕장에 박힌 말뚝처럼 쓸쓸해
져봤으면
아마도 내 전생은 저기 저만큼쯤 너부러진 황혼, 그 황혼
한가운데에 박힌 말뚝이었던 게 분명해
그리하여,
나는 지금 이승에서
황혼의 배후가 되는 분지에 쓸쓸히 박혀 있나보다

지난 겨울 사납게 삐그덕거리는 창문을 자주 열었다. 밖은 온통 희부연 절벽 생각들이 벽에 부딪쳐 산산이 부서지기 시작할 무렵, 겨울 골목 바람에 모기 한마리가 방안으로 쓸려들었다. 저승에서 쓸려져나온 것들의 쓸쓸함……

궁창 속은 돌아갈 수 없어서 아름다운 고향, 겨울 모기처럼 넋놓고 벽을 보다. 벽에 달라붙은 캘린더 속 여자의 알몸뚱이가 꼭 땀방울……, 아니, 장구벌레 같다. 내 쓸쓸한 것들 모두 다 장구벌레처럼 알몸이었으면…… 하여 벽에 걸린 날짜처럼, 땀방울 구르듯 굴러 유충들의 투명한 몸짓만 통하는 곳에 가고 싶다.

창 너머
바람 지나는 소리만 들려도
명태 덕장에 박힌 말뚝처럼 쓸쓸해졌다
쓸쓸한 것을 바람도 황혼도 모를 것이다

담　터*

남기지 못한 유언들
담터 개울가 여기저기 굽은 닥나무로 무성하다
유언에 매달린 붉은 열매들
동티 나서 찾아오는 사람들을 붉은 빛으로 감시하고 있다

짐승처럼 어둠의 결을 밟으며
궁예를 좇아 담터 가는 길
이름 없는 마을을 지날 때는 두고 온 가족의 이름으로 이름을 지어줬다

회나무골 이모집 뒤뜰 장독대의 늙은 장독처럼 빈 담터
장정들은 궁예의 눈짓에
꼬리 대신 몸을 흔들었고
그 몸짓에 어린것들은 엄지손가락을 빨았다

액이 빠져버린 담낭 안으로 궁예가 몰고 들어온 사람들
제 스스로는 알 수가 없었던 거짓
그래서 어쩔 수 없이 생겨난 진실

천년간 묵혀 장맛을 들였다

시대의 눈빛을 피해
지금 담터를 찾아든 쓸개빠진 사람아
너를 감시하는 빛이 어떤 빛인지를 아느냐

* 강원도 철원군 금악산 계곡에 위치한 궁예 성터. 현재 성터는 폐허가 되어 있다.

밤섬을 바라보며

검은 물이 수런거린다
물이 맑아지면 반사시킬 게 없어진다고.

검은 물위에 먼지들이, 어두운 생각들이,
검은 물에게 수런거리고 있다.

빗물 배수관 안 노숙자의 거적들이 먼지들을 감싸안는다.
먼지 위에 바람을 따라간 철새들의 발자국이 찍혔다.

밤섬은 어두워질수록 그림자를 또렷이 만들더니
제 그림자 속으로 사라졌다.

제 2 부

엘리베이터를 타면
맹금류의 直腸에 걸린 풀 같다

엘리베이터 안에서
급하게 탑승하려 뛰어드는 사람의 얼굴을
빤히 바라보며 '닫힘' 버튼을 눌렀다
청어떼를 몰아세우며 솟구치던 혹고래처럼 상승하는 엘리베이터
아랫배에 힘이 차왔다
따돌린 사람의 묘한 표정을 떠올리면서 날 서는 감정의 촉수들
겨드랑이가 간지러워오는 게, 날개가 돋을 것 같다
물에서 무인도로 쫓겨난 매들이
북으로 이동하는 철새들을 노리는 게 보고 싶다
암벽 바람을 맞으면서 날아가는 철새를 지켜보는 매
강하게 불던 바람이 그 앞에서 멈춰섰다
돌아보면 나는 배설물을 휘저으며 직장을 거슬러올라가고 있다
엘리베이터는 내게서 필요한 양분을 섭취하려는지 웡웡대고 있다
지우고 싶은 기억들을 지우며 살고 싶은데,
채식동물의 꾸불꾸불한 창자 속에서 냄새를 풍기며 뭉쳐있던 기억은 왜 지워지지 않는 것일까

늙은 염소

주름진 갯벌 너머
무인도를 오만스럽게 쳐다보는 눈빛이 당당하여 아름답다
해가 지났어도 털갈이를 못해
희고 억센 凶服을 걸치고
유령게처럼 포구로 흘러들지 못해 땅속으로 스미는 물을 밟고 서 있다
분비선을 빠져나오지 못한 액체 때문에
눈 주위는 건선에 시달리지만
거드름을 피우며 서 있는 몸짓,
그는 비닐도 거뜬히 소화시키는 위를 가진 것이 분명하다
언뜻 곁눈질로 볼 때면
먼 바다에서 온 濕生
무인도처럼 당당하여 아름답다

오래된 습관

그 언덕은 똬리를 튼 채 벗어놓고 간 뱀의 허물이었다
윤사월 가뭄이 낡은 지붕 위에 듬성듬성 난 풀들을 시들게 하고
지붕 아래에는 바람 한점 찾아들지 않았다
탱자나무 울타리로 된 집은
어스름이 오면 살던 여인을 언덕 위로 내몰았다
언덕의 여인은 등뒤 어디 먼 곳에서 찾아드는 어스름이
탱자 꽃잎을 하얗게 부스러뜨리는 것을 보았다
언덕에는 여전히 어디 먼 바다에서 온 바람이
허물을 벗어놓고 모를 곳으로 사라졌다
허물은 언덕 아래 집이었다

매흙 바르는 저녁

짚으로 치마를 두른 굴뚝에서
비를 맞으며 하늘로 피어오르던 푸장*연기들
세상 어느 구석에 남아서 떠돌까

생것들의 냄새가 까마득하다
생잎 태우며 풍기던 매캐한 냉내들
돌과 흙이 갈라놓은 틈새를 아직도 그을리고 있을까

굴뚝을 덮은 볏짚에 흐르는 빗물처럼 쪼그리고 앉아
뭘 기다리던 가슴은 틈이 아직 생것으로 남아
매흙을 바르고 있는데

* 하절기에 구들장의 온도가 높아지지 않도록 사용한 땔감으로, 활엽수의 생가지와 잎을 약간 말린 것.

거대한 건물

띵똥！—퍽,

띵똥！—퍽…… 띵똥！—퍽,

띵똥！—퍽…… 띵똥！—퍽…… 띵똥！—퍽,

………………………………………………………………

………………………………………………………………

09시 05분 전 9층에서 듣는 9층 엘리베이터 문 열리는 소리

………………………………………………………………

엘리베이터를 타고 直腸을 거슬러온 똥들이 職場에 뿌려졌다

………………………………………………………………

………………………………………………………………

09시 정각 9층 엘리베이터의 괄약근이 수축되고 있다

끄으—윽,

용강동 뒷골목을 서성이던 바람

無巾里 임자 없는 묏등 앞에서
마른 떡을 뜯으며 봐야
태백의 가지들
땅에서 살고 있는 사람들
서로 다르게 빠져나온 등뼈가 있다
고개를 숙여 곁눈질로 보면
그 등뼈들은 평야처럼 강물처럼 휘달린다
지평선에 나서 달려대는 삶들, 고달프다
산을 오르고 싶지 않다
지평선을 바라보고 싶지 않다
고개 들자 그들은
어디로 흘러갔는지 돌아오지 않는다
다만 용강동 뒷골목을 서성이던 바람,
몸속으로 들어와 물기를 말린다

빛의 묘지 2

창후 포구 귀퉁이에 쌓아둔
그물 뭉치로 잠들어 있는 그대.
갯바람의 무리는
山竹들이 언 살을 비벼내는 소리로 사각대었고
황혼은
황사처럼 잘게 부서져 곱게 쌓였다
양곡을 나와서 슬프다던 그대
숭숭 뚫린 그물 같은 함지에 와서야 편안한가
탁류에 떠밀리는 철새들
이제 곧 젖은 깃털을 털고 돌아갈 것이다
어쩌면 새들은
그 자리에 가만히 앉아 있고
땅과 계절과 사람들만이 밀물에 떠밀릴진대
산을 이고 온 그대, 여처럼 물속에 잠기고 싶은 충동 일지 않는가

* 陽谷은 해가 돋는 동쪽 끝 골짜기에 있다는 상상의 지역으로, 해가 돋는 곳을 이르는 말이며 咸池는 해가 지는 곳이라고 믿었던 서쪽의 큰 못. '여'는 사리 때만 모습이 드러나는 바위섬으로, 대개 아기장수 설화가 서려 있다. 창후 포구는 강화도 북단에 있는 포구로 속초 출신 고형렬 시인과 가끔씩 찾는 곳이다.

草 墳

화랭이가 안내한 바닷길 구만리
살은 볏짚으로 덮고
뼈는 갈매기 둥지에 품고 살아가리
남도 바람에 세간일 듣고
관고개 넘나드는 까마귀 등에서 날 보내다가
낡은 어선으로 어망질하여
한 삼년 살다보면
조금은 서운해도
품은 뼈에선 극락조가 날으리라

팔목의 한은 염기로 녹슬이고
동공은 낙숫물로 씻다보면
두고 온 아내
삼년길 다 간 후에
다시 둥질 틀다보면
사방으로 사방으로
외로운 삼년이 지나리라

아!

서러운 남도 바람에
네 귀는 떨리고
볏짚은 흐트러져도
다시 삼년은 지나리라

자본주의

17층 스튜디오 창에서
내려다보이는 마포 염리초등학교 개학식
단상 밑 울긋불긋 옹기종기 꽃대궐 차려입은 아이들
압축기로 눌러놓은 재활용 깡통 뭉치

목　련

바람이 불면
백목련은 지고 자목련이 피고 비가 내렸다

비, 비는 그리움을 향하듯
가등빛 따라 긴 몸짓의 춤을 추며 땅으로 빨려들었다

나무 아래를 서성이는 사람
사람 하나에 그림자 셋
죽음이었던 시절을 잊지 못해 고독하다

고독은 죽음의 유물
백목련, 자목련이 피고 지는 사이
늙은 염소가 서 있다

아침놀

삼년을 월동한
부전나비의 부스러진 날개가 가루 되어 날리는 게
눈부시다고 했나요
서해바다 아침놀 속으로 들어가세요
신발을 벗고
바지는 대충 걷어붙이고
물속으로 들어가듯
쪽빛 아침놀 속으로 걸어가보세요
빛이 파도처럼
몸을 뚫고 끝없이 넘나드는 것 같은 게 싫은가요
가슴 뭉치는 게 빛을 걸어 넘어뜨릴까봐 그러나요
그러면 뒷걸음질로 가보세요
뒷걸음질이 곱다고 했잖아요
해가 뜨면 노을이 부서져 가루가 되면
망설임도 단박에 사라지고 말 겁니다

빛의 묘지 3

출근길, 비원과 창경궁 사이
등 굽은 가로수 틈바구니를 지난다
룸미러 속으로 햇살이 와닿았다
누가 부서져서 저렇게까지 되었는지
먼지, 거울에 붙어 잘게 떨며 얼룩을 만들어내고 있다
저 떨림들
그들은 햇살이 오는 길을 열어
거울 속의 얼굴을 산산이 부스러뜨린다
악관절증에 시달린 적이 없는데
왜 얼굴이 부서져야 하는지
기억들을 잇닿게 하는 먼지들의 멀고먼 변주
부서지는 얼굴을 배경으로
영구차가 햇살처럼 불쑥 기어나왔다
저것이 먼지처럼 차분한 게
명을 놓아버린 주검 때문이라면
명을 쥔 거울 밖의 얼굴들은 얼마만큼 분주할까

중랑천 뚝방길

중랑천 뚝방을 걷는다
볼이 얼어오는 게 시원하다
腸이 녹아내리면 이만큼 시원해질까

녹천에서 장안까지
바람에 녹는 위액들이 검다
시대를 살면서 흘린 피가 저리 검다면
살아가야 할 날들은 얼마나 많은 피를 어떤 색으로 흘려야 하나

중랑천 뚝방은 혼자 걸어야 한다
냄새를 풍기며 세상을 역류하는 사람만 걸어야 한다
함께 못 가 미칠 듯이 가슴속에 뭉친 사람아
그대 죽음 위로 내리는 서리
하얗게 빛난다

그리움은 방향을 잡으면 사라지는 것일까
김포에서 왔는지 한무리의 갈매기
공중을 휘돌아 새벽처럼 서리처럼

검은 물위로 내렸다

그대 날아 앉은 새벽
뚝방에서 봄과 겨울은 갈리었다

시구문으로 버려지는 것들

설악을 오르고 있다

지난밤 마루에 걸터앉아
늙은 나무의 두꺼운 껍질에 몸 비비며 내뿜는
어린싹들의 거친 숨소리를 받아마실 때
누런 문종이를 뚫고 나와 관자놀이를 때리던 TV 불빛 같은
삼백년 동안 뻘 속에 묻혀 있던
白燐들이 일제히 일어나 춤을 추는 것 같은
기운
雲版의 울림처럼 몸속으로 들어왔다

생목이 올랐다
먹장과 녹아내리는 누런 잔설을 누더기로 걸쳐입고 솟은 봉우리
숫산
공중에 수장된 燐들은 암내를 풍겼다

산기를 느끼면서

무리에서 슬그머니 떨어져나와 출산해야 할 것은……,
하산하여 늙은 궁녀들의 시체에 섞여
屍口門*으로 버려져야 할 것들은…….

* 민중들이 부르던 광희문의 또 다른 이름으로, 조선시대 때 늙거나 전염병으로 죽은 상궁, 나인들의 시체를 버렸던 곳.

제 3 부

노적봉 아래 산성마을

북한산 노적봉 아래 성마을
노파가 쌀뜨물을 흘려보내니 날이 저물어갑니다
구슬픈 비 내리자 불빛은 더 낮고 가깝게 보입니다
첫서리 맞은 고추처럼 드세어
서리 잠깐 녹으면 허연 곱 끼듯
마을을 내려가면 허옇게 뜨고 말 사람들이 대를 살아왔습니다
사람들은 궂은비 내리는 날 밤이면
여인네가 되어 몸속으로 울었습니다
젖은 승복처럼
어둠이 스쳐지나간 거친 薄石에 눈물이 녹물로 배었습니다
濕生의 허물을 벗지 못해 우는 소리
아주 먼 훗날 언제
飛庵里 어느 골짜기 습지에 모여
귀신의 소리로 울려나올 것입니다

낡은 당집

홍천 소구니강
강물이 외돌아 끓기는 곳
창자벽에 말라붙은 숙변처럼 당집 하나 있다
찾아간다고
헤벌어진 황토벽 틈새로
몸 구겨 들어갈 수 있는 것인가
기웃거린다
살아온 생을 털고 다시 시작할 수 있는 것인가
숲이 두려워 굴뚝을 찾는 굴뚝새
어찌할 수 없는 流轉
——동맥경화를 일으킬 것만 같다
세상에 輪姦당해 떠난 무녀처럼
낡은 당집 같은 슬픈 遺傳因子
그들은 밤마다 윤간해올 것이고
난, 토라져 무녀처럼 떠날 것이다

상뻘제*

갯것 하다 죽은 여인네들의 혼
저렇게 빛나는 물비늘이라면 그 속으로 뛰어들겠다
노을에 빛나던 물비늘들
튀어올라 별이 된다면 游助*처럼 하늘을 향해 떠돌겠다
黃泉의 삼각지 천수만 한가운데
상뻘에 부는 바람은 별이 되지 못한
여인네들이었다
바람과 물비늘과 별들이
물 너머 불 밝힌 작은 집들을 향했다
모든 바람이 수평선에서 일어 계곡을 향하듯
여인네들의 죽음도 수평선에서였다
자정이다
마을의 집들은 스스로를 비웠는지 불빛이 불안하다
바람으로 남은 여인네
물비늘이 된 여인네
생의 부레 속에 바람 불어넣어 별로 떠오른 여인네들
제집은 찾을 수 있겠지

입에 뻘을 물고 떠나간 누이야

아직도 바람이겠지

* 천수만 한가운데에 형성된 뻘 분지. 갯것을 하다가 심한 조류를 만나 아낙네들이 몰살당하는 경우가 있다. 그 제사는 한날 한시에 치러진다. 갈대나 해초가 뭉쳐져서 떠다니는 것을 유조라고 한다. 치어들은 그곳에 숨어서 큰 바다로 나간다.

마른풀에 이슬은 내리고

시험지 채점을 마치고
땅거미처럼 걸으면
마른풀에 내린 이슬을 밟고 걸으면
저수지 옆 도살장에서 새어나오는
늙은 소의 울음소리를 들을 수 있었다

몸 깊은 곳에 들어와
녹슨 보일러 배관 속의 물처럼 꿀꺽대는 것들

마른 수초는 왜 몸을 흔드는가
생은 어떤 모습으로 흔들려야 아름다운가

저수지 지나 상엿집에 닿아서
수초가 왜 몸을 흔들어대는지 알 수 있었다
무쇠솥 뚜껑을 뒤집어놓고 붙인 싸전 냄새 같은 상엿집,
걸도는 바람, 싸전 냄새가 안심시켰다

바람은 상엿집 벽틈으로 들어와 생을 말리고
생은 어디로 가 다시 살아나는가

마른풀에 이슬은 내리고
이슬을 말리는 상엿집 바람을 따르기로 했다

남산이 보이는 창

테이프를 올려놓고 밟자
마그네틱 이레이저가 윙윙거렸다

흔적만 남았을 뿐, 돌아오지 않을 소리를 쥐고
남산이 보이는 창 앞에 섰다
흐린 날 남산이 보이지 않는다고
늘 애처로워하던 그는 흐린 창으로 떠나갔다

지워지지 않은 소리는
지워진 소리를 찾고
지워진 소리는 침묵한다

강바닥 밑으로 향하는 지하도를 나와 침묵하는 눈들
잠시 무엇인가를 좇아 땅 위로 올라와서 낯선지
저 움푹 패인 것 같은, 튀어나온 것 같은 虛焦點
지워지지 않은 마그네틱 테이프 속에 갇힌 소리들이 저렇까

기억하고 싶은 기억은 지우고

지우고 싶은 기억만 기억한다 하고 간 그대
뿌연 창으로 남산을 바라보던 뿌연 눈
그 허초점은 여전한가

언제부턴지 소리는 뭉쳐져 뇌 속에서 곱사등이로 살고 있다

빛의 묘지 4

산 그늘을 본다 끝을 가늠할 수 없어 들어갈 엄두가 나질 않는다 마지막은 어차피 땅귀개나 이삭귀개 같은 유충에서 겨우 탈피한 늪의 수본식충식물들이 속을 점령할 것이다 그들은 점유권 분쟁에서 승리를 장담하고 있다 속빛, 바닥을 알 수 없는 만큼 장담하지 말라 마치 꽃받침 없이 피는 꽃처럼 지탱시켜주는 것에 대한 기대는 없는 법 삐딱하게 앉아 곁눈질로 다가갔다 물의 전설은 물 그림자들이 어부들의 꿈속까지 좇아와 가슴을 할퀴고 갔다고 일러줬다 푸성귀가 냄비에 담겨 절여지기 싫어 풍기는 들내, 푸성귀를 거부하는 냄비들의 냉내, 헛구역질 속으로 달렸다 그늘 빛들은 젖은 흙을 오물거리고 있다 유충에서 식물로의 퇴보는 시작되었다

백학*의 아침

아침이면 野性이 빼곡하다
화장실 옆 잔밥처리장에 찍힌 짐승들의 발자국이 불안하다
늪지의 잎 떨군 나무들
지난밤이 어떠했기에
어떤 시대를 지냈기에 하얗게 서리옷인가
야성은 습기를 타고
저 불모지 넘어 공중에서
벌떼처럼 부딪쳐 앵앵대는 대남 대북 방송 속에 섞였다
전생이 의심스럽다
늪 쪽 가래 끓듯 울부짖는 노루들의 울음소리
마른 입을 이죽거려 흉내내며 위병소를 나왔다
樹氷이 걷히면 흉가로 채워질 백학
똥치들이 기다리는 백학으로
화장을 지운 똥치들은 늪지의 잎 떨군 樹氷이었다

* 경기도 연천군 백학면 민통선 안쪽에 있는 마을.

지붕이 새는 집 1

지붕이 새는 집 방에 누워 있다
뒤집어진 삼엽충의 발처럼 마디가 끊긴 채
꿈틀거리고 싶지만
시체처럼 썩고 있다
고요——,
숨통이 끊긴 후의 고요
고요함 속에는 살기가 도사리고 있는 법
빠져나가고 싶지만 그럴 수가 없다
어둠을 가르며 물 한방울
툭——,
이마에 떨어졌다
속 보이는 하늘
별들은 하얀 화석이 되어 있다
이마 속에서 불면이 퉁겨져나온다
과거, 미래, 이승, 저승, 뒤죽박죽 엉켜서
앙상한 거미줄이 떠받치고 있는
머릿속
쥐며느리 한마리 기어가고 있다

저녁 강가 풍경

새끼를 열 배도 넘게 낳았다는 누런 암캐는 관절염에 걸려 다리를 절고 물총새는 누렇고 흰 배와 푸른 등을 개를 향해 반쯤 젖혔다 놓았다 하며 물위를 낮게 날고 있다

물소리, 신경을 버리면 조용, 폭포 밑 거품 속 같다

누렁이가 낳았던 새끼들
이미 보신탕집에 팔려가 명을 다 놓았다
놈이 비루먹다 죽어버리면
옹관에 넣어 매장할 것이다
개에서 사람으로의 분주한 윤회는 막아야 한다
직탕폭포의 물이 상기되어 벌건 게
이북엔 또 물난리인가 싶다
하늘이 강처럼 사위다 어두워졌고
물총새도 누렁이도
물소리를 좇아 물옹관 속으로 사라졌다

청량리 기차여행 호프

청량리 기차여행 호프집, 팝콘에 500cc 호프를 마시면 긴 터널을 달리는 기차가 된다 길 건너 비스듬히 내려다보이는 소막창집 문은 분주히 열리고 닫혔다 문을 나온 사람들은 바지주머니에 손을 깊숙이 쑤셔넣고 막창집을 뜨지만 그림자들은 막장을 빠져나온 광부처럼 하얗게 탈색되어 여전히 주변을 서성거린다 남겨진 그림자들은 마른 넝쿨들이 매듭을 묶고 푸는 것 같은 갈등의 춤을 췄다 저 그림자들이 막창집을 서성이는 건 어설픈 술심으로 생의 막창 속을 들어가지 못하기 때문일 것이다 술을 마신다 입 안의 팝콘이 되새김질을 하기 전에 녹아버렸다 11시 45분 막차 떠나가는 소리가 소화되지 않은 그림자처럼 목구멍 언저리서 덜컹거린다

골짜기에 부는 바람 맞으러 산으로 갔다

산만큼의 얼굴을 하고
살아야 할 얼굴 앞에서
울지 못하는 것을 답답하게 여길 때, 나는
저녁 골짜기에 부는 바람을 맞으러 산에 간다
골짜기에는 살아온 만큼의 무게를 지닌
낙엽들이 온몸 축축이 젖은 채 썩어가고 있다
바람이 불면 낙엽들은 뒤척이고
낙엽이 뒤척일 때마다 삶이 상해서 풍겨대는 냄새, 냄새는
공복을 그리워하는 소주처럼 날카로운 이빨을 가지고 폐부를 찌른다
시체가 썩어가면서 풍기는 냄새보다
삶이 상해서 풍기는 냄새가 고약하다는 것을 느낄 때다
가슴 골짜기에서는
숨어 있던, 햇볕을 덜 맞고 자란, 먼저 상했던 잎들이
냄새를 반기고 있는 것 같다

냄새 때문에 바람이 노니는 게 보인다

연어 도둑

숫연어는 오호츠크해나 베링해에서 정액을 채운다 그들은 무엇을 가져올까 남대천 근처에서 술집을 하며 시를 쓴다는 여인네와 늦도록 술을 마셨다 여인네의 설익은 시론이 귀에 거슬렸지만 농익은 교태에서 베링해나 오호츠크해의 밤바다를 찾을 수 있을까 기대를 품고 밤을, 멀고먼 밤바다를 건너고 있었다 베링해나 오호츠크해의 밤바다를 지나는 숫연어처럼 허나 여인네에겐 북풍한설 몰아치는 밤바다는 없었다 어쭙잖은 시들이 그녀의 밤바다를 앗아간 것이었다 북풍한설을 지나온 연어를 보기 위해 하천 하류에 있는 채포장으로 갔다 가져간 술과 여인네의 교태는 막사 안의 잠든 감시원 머리맡에 두고, 강둑을 내려갔다 하천에는 강 건너편까지 두 개의 그물망이 쳐져 있었다 마치 아무도 넘나들 수 없는 수평선처럼 연어들은 앞다투어 그물망을 넘으려고 철썩였다 철썩거림은 가슴까지 들이쳤고 심장에 물이 차고 올라오는 느낌이었다 그것은 연어들이 멀고먼 바다에서 수평선을 가져왔기 때문일 것이다 심장에 넣기 위해 두 마리의 연어를 훔쳤다 그리고 의식을 죄다 버린 겨울햇살에 몸을 맡기고 진부령을 넘었다 지금 연어는 냉동실에서 잠을 잔다 하룻밤 사이에 수평선을 훔쳐온 것이다

無愁골의 겨울

날이 남서쪽으로 기우니
좌판처럼 널브러진 마음이 추슬러졌다

해가 우이암에 걸리니
어느 시골 읍내 이발소에 걸려 있던 촌스런 풍경화처럼
아름다웠다

땅에서 어둠이 나오니
검푸른 하늘의 별처럼 근심이 또렷해졌다

객토를 끝낸 논에서 그 사람 냄새가 났다

벼락을 들이켜다

열대야에 시달릴 때다
11층 베란다 타일의 찬 바닥에 누워
유리창을 찢고 들이치는 마른벼락을 삼켰다

얼마나 기다렸던가
살 속을 흐르는 땀처럼 검은빛
백두대간 구석구석 실핏줄을 타고 흘러다니는 것 같아
속이 화하다
몸속 고층 습원으로 들어올 때는 가지런히 누워본다

너, 검은빛인 너를 쏟아놓는 하늘은 구멍이다

공중에 섞인 너를 마신다 씹는다 시리다
하지만 먼저 시려하는 것은
언제나 찬 서리옷을 입은 붉나무 열매를 혀에 대었을 때처럼
가슴 아닌 충치를 앓고 있는 이

말복이 지날 때까지

풀 먹여 곱게 다림질한 모시가 살풋 말리며 몸 시려 할 때까지
너를 들이켤 수 있을까

열대야의 까칠한 입천장을 떠돌던 너는 구름을 만나지 못했다고 했다

바다를 강이라고 부르는 사람들

천수만에 가면
노을을 파먹고 지은 벌레들의 고치처럼
집들이 웅크리고 있다

그 집에는
밤을 잘 보는
창백한 눈들이 살고 있다

初雪에 몸속으로 파고드는 손돌풍도
염전 소금빛에 반사되어 허공을 헤매는 햇살도
거기서 태어났다

바다를 강이라고 부르는 사람들
초생달이 갯가 수정에 새겨지면
뻘밭 抹杖으로 박혀, 그 달로 창백한 눈을 찔렀다

제 4 부

겨울 작살나무는

작살나무 열매가 아름답다고 여길 나인 아직인데
넌 왜 열매를 바라보고 있니?
사나운 이름 속에 숨겨진 화냥기가 아름다워서
아니, 화냥기를 스쳐가는 바람이고 싶어서
바람 속에도 피가 흐르나봐요
그러니까 열매가 얼어붙은 핏방울처럼 아름답지
몽글몽글 엉켜져 사는 핏방울처럼
겨울 지나 피가 새까맣게 말라버리면 난 뭘 바라보며 산다지?
바람은, 저 바람은 또 어쩔까
산짐승 같은 날카로운 이름을 부르고는
떠나가겠지
난 내 이름을 작살나무라고 고쳐야겠어
화냥년처럼 환장한 가슴
작살나무 열매라고 불러줬으면 해

빛의 묘지 5

무릎 나온 개바지를 입은 채
해앓이를 하던 소녀가 죽었다
죽음을 향할 때는 낮게 웅크려야 편한 것일까
광부들이 떠나간 사택촌의 빈집들
집들의 웅크림은 정말 멀고 아득하다
식은 된장국에 빠졌던
파리가 기어나와 젖은 날개를 털듯
둑길을 따라 걸으면서 한숨 속에 섞인 비린내를 털어내었다
집들도 벗겨진 흰돌고래의 누런 허물 같은 빛들을 게워내고 있다
그대, 빛을 바라보며
마른 떡을 뜯어먹고 싶지 않은가

달아나지 못할

일곱살배기의 삶
화려한 용상여, 아버지의 주검, 그 맨 앞에 서서
길앞잡이*처럼 만장 깃을 쳐야 했던……,
그건 죽음보다 화려한 재기
그날 이후로는 줄곧 남의 옷을 걸치는 꼴이었다
달아나지 않는
그렇다고 달아나지 못할, 열 발짝도 채 움직일 수 없는 길앞잡이
믿고 싶지 않아 밤빗길을 걷는다
지금, 생각과 생각 사이를 청승스럽게 떨어지는 빗물은 무엇인가
그 빗물에 흔쾌히 젖어들 수 있는 사람은,
빗속을 죽음보다 무거운 생각을 이고 가는 자는 또 누구요
……하지만, 나는 서 있음이 부끄러워, 하 부끄러워서
길앞잡이처럼 덧없어 뜀박질을 해대며 살고 있다
나로부터 열 발짝도 못 도망갈 뜀박질
부끄러워하면서 뛰어온 열발짝은 나의 옷
생의 이면에서……, 만들어진 화려한 공복 속에서

아련히 살며 내는 발자국 소리……

마음에 찍히는 발자국

* 길앞잡이과의 곤충. 몸 빛깔은 녹색 또는 적색으로 윤이 나고, 겉날개에는 적록 바탕에 황색 무늬가 있음. 여름철 산간 도로나 농로 등에서 사람의 앞을 일정한 거리로 유지하며 앞서서 날아다님.

침엽수의 봄

한파를 피해서 집 떠난 사람
지루한 겨울잠에서 도망나온 도마뱀
바람처럼 빈집을 훑고 떠나면서 남겨둔 잡도둑들의 가슴 두근거림
장작을 패던 모탕 위에서 졸고 있다
나른한 겨울햇살을 등에 지고
저 공중에 정지한 새매
산수유는 언제 물을 빨기 시작할까
살벌한 균형에 사로잡힌 침엽수의 봄
6백년 전 벗어던졌던 갓을
6백년간 새로 짜대는……
겨울빛에 마른 고욤은 더이상 떫은 냄새를 풍기지 않을 것이다

無巾里*에는 갓이 있다

* 삼척군 도계읍 산중에 있는 화전부락. 공양왕을 따라 동쪽으로 이동하던 여말 유신들이 화전민으로 정착하면서 갓을 벗어 던졌다는 데서 유래된 지명. 현재 아홉 채의 너와집에 그 후예들이 살고 있다. 그들은 겨울 한파를 피해서 부락을 떠났다가 이듬해 봄에 부락으로 돌아오는데, 그 기간 동안 농기구나 골동품을 도둑맞는 경우가 많다.

검은 여

마음보다 먼저
녹던 눈 내리는 날 밤
바람으로 살아온 검은 여
연자매 등짐을 지고도
그믐달만은 보지 않았다
맘 고생에 검어진 몸을 주체할 수 없어도
갯것 하다 쓸린 제집이 두려운 혼백들,
거둬들이고
상처난 등에 소금 돋구며
祭 없는 그믐밤을 달랬다

휘파람

막장의 갱목들이 몸을 비트는 밤
갱도에서 쫓겨나다시피 해서 제재소 일을 하게 된 윤씨
빗물 관을 통해 흘러든 별똥별의 빛을 만지다 그만
날카로운 원형톱에 손가락을 댔다
달걀껍질처럼 부서져 빛나는 푸른 별똥별
푸른빛을 발하며 하얗게 탈색되어가는 몸
조립한다는 것은 부질없는 짓
윤회는 날카로운 톱날을 가지고 삶을 분해시켰다
그는 늘 별똥별이 스치며 지르는 휘파람을 찾아나섰다

섬

섬놈들은 하나같이 섬을 떠나겠다는 막막한 운명을 만들면서 산다
난파된 목선의 파편처럼
조난당해 부서진 가슴, 배 밑창처럼
물속에 잠겨버린 삶
하아! 소금 타는 노을 속을 항해하는 꿈 깰 때면
뻘밭을 가슴으로 기다 나온 듯 아득해져서 그립다

수평선이 주는 막막함
언제쯤 이 막막함에서 깨어날 수 있을까
막막함에 가슴은 이미 매흙처럼 굳었다

매흙에 섞인 재처럼
땅으로 돌아가지 못해 서럽지만
어느 마음벽이든
한번 짓이겨져서 달라붙어보기라도 했으면

요즈음 들어 매흙벽에는 害蟲도 달려들지 못하고 있다
벽에 달라붙어 매흙처럼 변해가는 害蟲떼들……,

시체가 부럽다

헌데, 물그림자에 섞인 속그림자를 놓지 않고
벽 속 어디든 떠밀려다녀야 하는 生이
왜 아프지만은 않을까?

벽에 붙어 이렇듯 떠돌다
언제쯤 끝없는 바다가
산골짜기에서 간신히 보이는 하늘을 보는 것보다 더 막막하다는 것을 알 수 있을까?

지금 나와 세상은 섬을 타고 막막하게 있다.

겨우살이나무는

포대 능선에 걸린 노을을 보면 목이 탄다
사람과 사람 사이
깊숙이 뿌리내려 수액을 빠는 겨우살이나무
상해가는 뿌리를 끌고
이번 겨울은 또 어디에서 기생하나
검불에 붙어 바람에 쓸려도 좋다
느낌만 오고 잡히지 않는 것들을 피해
말장난 속에 뿌리를 내리는 것, 이젠 지쳤다
가을걷이 끝난 논
음지 한켠에는 상엿집 하나
마른우물은 목 태우다 두레박을 던져버렸다
선뜻 사람들이 보지 못하는
붉은 輓章의 검은 글씨 되어가고 싶다
마른 우물가 버려진 두레박 주위
거기, 체머리 흔들며 기웃거리는 멧비둘기 같은 生
겨우 살 뿌리 거둬
상엿집을 떠도는 몣이 되고 싶다

왼돌이 달팽이에게

이사를 하면서 생각한다
(지금 메고 가는 짐이 정녕 내가 메고 가야 하는 짐인가를)
숨어 지내던 때가 좋았지
지루한 장마가 시작되고
수포가 생기고
물집이 터져 몸집은 불어나고, 다시
딱딱하게 각질화된 감정을 메고 담장을 기어오른다
바로 보이는 하늘과
거꾸로 보이는 땅과
평지가 되어버린 담장
무게를 더해 짓눌러오는 짐
어떻게 해야 짐을 벗어날 수 있을까?
혼미한 길 위
끈적하게 묻어나오는 식욕

검은안개

서산을 떠나던 날 밤
검은안개는 동숙이 누나 할머니 얼굴에 낀
검버섯마냥 까맸다
안개의 주름 사이를 헤치고
농로를 걸어서 정류장으로 향할 때
나는 누이의 물먹어 질척거리는 걸음, 그 축축한 소리를 꼬옥 잡고 있었다
가슴을 덜컹이면서 도망치듯 살 수만 있다면 얼마나 신명날까
악몽을 꾸며 살지
안개무덤 속에 갇히는, 형들의 가래질에 춤추듯 흔들흔들
운명의 춤을 추고 있는, 엄마가 묻혀 있는 돌산보다 싫은
안개무덤 속에 갇혀 있는 꿈을 꾸며 살지
깨어보니 빠져나온 것은 오직 몸뿐, 빠져나올 수 없는
무덤이길 바란다

완산칠봉

윤장원 형께

완산칠봉을 오르기 위해 나설 때
겨울햇살에 눈 시렸습니다
길가 지붕에 떨어져 서리를 맞아 빛나는 낙엽들, 허기진 새들 같았습니다
날이 저물매
어두운 산과 어두워져가는 하늘의 경계는
뼈와 살이 나뉘듯 갈라져 빛났습니다 지평선처럼
빛나는 그 경계를 향해 날아가던 새를 보았습니다
날아간 새는
밝아오는 지평선에서 날아왔겠지요
지평선은 오고 감이 이뤄지는 어둠과 어둠의 경계였습니다
어둠과 어둠의 경계는 몸속에도 있습니다

늙은 여자의 뱃속이 그립다

천전리 암각화

우리, 오래 전 늙은 여자의 뱃속에 있었을 때 산이었다
가을 하늘 하얀 구름 그림자 아래서
맘껏 뻗고 솟아오르며 웃던 산,
까마득한 어느날
천전리 암벽에 그림들이 하나둘 새겨지기 시작하면서
우리는 늙은 여자의 태반을 빠져나와야만 했다
나무등걸과 자갈들이 앞을 가로막았지만
권태와 욕망의 이끼들
물길 따라 부드럽고 가볍게 요동쳐줘서
우리 모두 송사리떼처럼 앞다투며 신명나게 빠져나올 수 있었다
늙은 여자의 뱃속을 빠져나온 후
여자의 태반은 돌산에 거적때기처럼 버려져서 말라 비틀려갔지만
그래도 우리는
사람과 사람, 시간과 시간 사이에 숨어서
애써 그것을 잊으려 하고 있다
늙은 여자의 뱃속이 그립다
산통깨며 슬픈 이끼를 헤치고

송사리처럼 개울을 거슬러올라가면 다시 그곳에 다다를 수 있을까?

가을 하늘 하얀 구름 그림자 얼굴을 스치고
멀리 느린 바람소리 나를 어루만질 때면
늙은 뱃속에 대한 막막한 禁斷症!
가슴속은 천전리 개울바닥에 찍힌 거대한 공룡 발자국처럼
늙은 태반만이 아득한 두려움으로 찍혀오곤 한다

지붕이 새는 집 2

집을 버리고 싶다 아니, 빠져나갈 수 있다면……

구멍난 지붕 틈으로 별빛이 내린다
저 빛, 먼지의 날개를 타고 시퍼렇게 내리는 빛은
무슨 퍼붓음인지
맞아 좋아라, 밤 아프지 않고
정체 없이 눌러오는 무게도 견딜 수 있다

별빛, 차가운 별빛이
차양 밑으로 수줍게 들어오면
겨울비처럼 흔쾌히 맞는다
몸에 닿아 뜨겁게 만드는 빛
살갗에 달라붙어 거머리처럼 떨어지지 않는,
그림자 없는,
낙수처럼 쉬임없이 떨어지는,
——빛도 이젠 지치겠지

한숨, 무너져라 쉬는 한숨
돌산에 묻힌 어머님의 무덤 같다

나는 그 속에서 꿈틀대는 한마리
장구벌레다
투명한 몸놀림, 누구나 남의 생을 담보로 해야
행복하다

차가운 물속 침울한 너울

이 집에서 성충이 되어 나간 사람은 하나도 없다

아난각 유리부처

최승룡에게

풀어진 릴테이프 같은 걸음으로 걸어가면
阿難閣에 그가 있다
키 작은 나무처럼 단정히 앉아
스튜디오 창에 잡혀든 사람들을 놓아준다
그 유리부처에 하루 몇번쯤은
나도 잡혀들었을 텐데
고개 돌려 잡지 않은 이유는 무엇일까
두꺼운 창, 몸짓의 말로는 부를 수 없어서일까
그가 없는 날이 되어서야
비좁던 스튜디오는 넓었다
그는 벌판의 키 작은 나무
나는 분주히 가지에서 가지를 날아다녔을 뿐이었다
날이 저물고 있다
종유동굴 같은 어둠이 아난각을 깊게 파고
그가 남기고 간 몸속의 말들만
창에 부딪쳤다

어디 먼 마을에서는 눈이 내리고 있나보다

밤 섬

해 저물매 깊은 우물 속의 그림자처럼 빛났다
얼마나 깊게 뭉친 한숨이면 저녁빛을 낼까
어둠을 마시면 마실수록 깊게 드러나는 물그림자, 그림자를 좇아 하구로 떠간다
저 강끝 마을 낡은 집 서까래에 물들어 있는 노을 속으로 가겠지

민달팽이의 집

빈집 앞에서 문을 두드리고 있다
겨울 사막의 나그네쥐
몸집보다 작아진 문을 두드리고 있다
빈집의 깨진 창으로 텅 빈 울림이 들려오고 있다
알 수 없는 푸르스름함
손목이 귀뚜라미의 긴 다리 같아 측은한 누이와 죽은 어머니가 두드리는,
소리는 공중에 처박혀 좀체 내려오질 않았다
가느다랗고 축축한
환청 앞에 나는 애원했다
"문 좀 열어주세요"
밤마다 나는 죽어서 분양되는 빈집 앞에서 서성인다

열두개섬

아홉맷날 아침 썰물에 더 멀리 흘러갔네
지나간 열두 달이 하나씩 차례로 가라앉았다는데
누군가 달의 부레에 바람을 넣어 띄운 것이 열두개섬이라고 하네
오늘 열두개섬 사이
섬 하나가 새로 떠올랐네
윤사월인 것 같네
열두개섬에는
광천초등학교 분교인지
안면초등학교 분교인지
학교가 하나 있는데
거기에 다니는 아이들이 윤사월섬에 바람을 불어넣었다는 얘길 들었네
지난 윤달
그 사람을 내 마음속에서 천수만 함지로 보냈는데
되새떼가 되고 싶어 섬으로 떠올랐나보네

■ 해 설

빛 속에서 마른 떡 뜯기

손 경 목

일설에 따르면 시인은 첫시집을 묶어낼 때 비로소 직업적 통과의례를 마치는 셈이 된다고 한다. 그런데 여기 시단에 얼굴을 내민 지 10년 가까워지는 시점에 처녀시집을 내는 시인이 있다. 서둘러 책을 내고 일찌감치 퇴장하는 사례가 흔한 우리네 문학 출판의 관행에 비추어, 작품발표를 중단한 것도 아니면서 이만한 시간을 시집 한권 없이 버텨온 시인의 존재는 이채로운 데가 있다. 이 '저서 없음'의 나날들이 스스로를 함부로 드러내지 않겠다는 모진 절제와 자계의 결과인지, 혹은 단순히 시인의 느긋한 천성 때문인지, 그도 아니라면 출판사들의 고의적인 따돌림 때문인지 여부는 분명치 않다. 아무려나 장대송이 시인으로 살아온 이력과 거의 맞먹는 세월 동안 주변에서 얼씬거려온, 그랬을 뿐 무언가 생산적인 일을 더불어 도모한달지 해본 기억이라곤 없는 나 같은 무익한 방계인물에게도 그의 묵묵한 시업이 한 생산적인 매듭을 짓게 된 것은 다행이 아닐 수 없다. 그리고 이러한 사사로운 인연과 무관하게 『옛날 녹천으로 갔다』는 한 개성적인 시인의 존재와 그 가능성을 알리고 있다는 생각을 나는 갖는다.

많은 경우 신진 시인들은 우뚝한 선배들의 영향을 받고 그것과 싸운 흔적을 보여준다. 더러는 함께 활동하는 동세대의 입김이 시 언저리에 감돌고 있기도 하다. 반면 장대송 시에서 먼저 받게 되는 인상의 하나는 선행(先行) 시편들의 영향이 매우 엷어 보인다는 것이다. 그의 시는 누구의 시와도 별반 닮은 데가 없는 듯하다. 이 사실이 곧바로 독창성의 표징으로 받아들여질 성질의 것은 물론 아니다. 선행 시편들을 의식하고 그 영향의 권역을 벗어나고자 발버둥친 흔적은 독창적인 시인의 탄생을 위해 생략되지 못할 훈련과정의 충실함을 가리킬 수 있다. 그렇더라도 장대송의 시 곳곳에서 기존 시의 정형이나 유행과 구별되는 목소리를 내려는 의도와 고집이 읽힌다는 사실의 의미는 작지 않을 것이다. 정형 혹은 전통에서 일탈하면서 동시대의 유행에서도 비켜나려는 지향은, 얼른 보기에 더없이 전통적인 소재와 시어로 이루어진 등단작 「草墳」에서부터 느껴지고 있다.

화랭이가 안내한 바닷길 구만리
살은 볏짚으로 덮고
뼈는 갈매기 둥지에 품고 살아가리
남도 바람에 세간일 듣고
관고개 넘나드는 까마귀 등에서 날 보내다가
낡은 어선으로 어망질하여
한 삼년 살다보면
조금은 서운해도
품은 뼈에선 극락조가 날으리라

팔목의 한은 염기로 녹슬이고
동공은 낙숫물로 씻다보면

두고 온 아내
삼년길 다 간 후에
다시 둥질 틀다보면
사방으로 사방으로
외로운 삼년이 지나리라

——「草墳」 부분

근래 적잖은 시들이 그러하듯이 첨단의 문화적 기호들을 끌어들이고 그것을 시의 선진성을 약속받는 길로 생각하는 흐름에 선다면, 이 시는 시대착오의 혐의를 사기에 알맞을지 모른다. 세속에서 유배되거나 스스로 세속을 등진 자를 내세운 전래의 서정시에서 익히 만나본 듯한 정경을 새삼 대면시켜주고 있기 때문이다. '화랭이'나 '구만리' 같은 예스러운 낱말(이런 종류의 시어들이 장대송의 시에는 자주 등장한다), '볏짚' '남도 바람' '관고개'처럼 시골 정취 물씬한 이미지의 세목들도 어쩐지 낡은 풍경화 앞에 선 느낌을 키우는 데 도움이 될 것이다.

그러나 정작 이 시에서 눈길을 줄 만한 것은 이처럼 평이한 언어적 세목들이 어울려 빚어내는 효과이다. 가령 "살은 볏짚으로 덮고/뼈는 갈매기 둥지에 품고 살아가리" "관고개 넘나드는 까마귀 등에서 날 보내다가" 같은 구절을 보라. 초현실주의의 수법을 연상케 하는 이들 의외로운 비유는 자칫하면 진부해질 부담을 안은 시의 분위기를 일순 생기롭게 만들어놓는다. 그러면서 무언가 불분명한 까닭으로 추방 또는 낙백을 겪고 있는 이의 나날에 돌연한 실감을 더해준다. "사방으로 사방으로/외로운 삼년이 지나리라"는 표현도 공간과 시간 지각의 중첩 속에서 화자의 가없는 고독을 에누리없이 전해오는 데 성공하는 경우이다.

화자가 품은 고독감의 바탕에는 그러나 "조금은 서운해도/품은 뼈에선 극락조가 날으리라"에서 보듯이 은일한 삶에 대한 은밀한 수락과 자긍의 심사가 있다. 언어의 새로움에 더하여 그것과 상승작용을 하는 복합적인 내면의 표정이 간직되어 있는 것이다. 그것들에 의지해서 이 시는 비슷한 제재의 서정시 전통이 빠져들기 십상일 단색의 세계를 벗어난다. 나아가, 화자가 처한 정황의 울타리를 넘어 우리 삶의 외진 모퉁이마다에서 누군가 감당하고 있을 인고의 시간의 존재를 환기하고 다독이는 확장된 울림을 얻기에 이른다. 이렇게 본다면 이 시는 시대착오이기는커녕 만만찮은 현재적 호소력을 지닌 작품, 전통과 친연성을 맺고 있되 그것을 허물처럼 벗어내면서 어엿한 시적 모더니티를 얻고 있는 사례이다.

단순히 첫 작품이어서가 아니라 「초분」은 장대송 시의 한 원형질을 보여주는 것 같다. 여기의 운율감과 정제미가 이후 좀더 느슨하고 유연한 형식으로 바뀌어가기는 하지만, 이 시에 나타난 은일자의 음성——세속을 등진, 또는 적어도 그런 삶의 방식에 깊은 친밀감을 느끼는 이의 목소리가 나중의 시들에서도 여러 갈래로 변주되어 나오고 있기 때문이다. 물론 시인의 현실은 세속 바깥의 삶을 쉽사리 허용하지 않는다. 그러나 이 점의 인정이 세속에 대한 순순한 적응과 정주로 이어질 까닭은 없다. 그의 선택은 세속 안에 머물되 붙박여 있기를 한사코 거절하는 데로 나아가는 것인 듯하다. 『옛날 녹천으로 갔다』의 수많은 시들이 여행을 배경삼고 있는 것은 그 점에서 자연스럽다. 여행은 세속 안에서 세속을 떠나는 길, 세속을 유일한 현실로 접수하기를 사양하고 다른 삶의 가능성을 엿보는 신생의 연습일 터이다.

철원 담터에서 김제평야에 이르기까지, 나그네의 발길을 허락하는 무수한 지명 위를 거쳐가는 장대송 시의 행보는 다른 한

편 보다 부정적이고 수동적인 동기, 시적 자아가 품은 마음의 응어리에서 촉발되고 있기도 한 것으로 여겨진다. 우리는 우선 그의 의식 깊숙한 곳에 가족사에 이어진 상처가 자리잡고 있음을 본다. 가령 「달아나지 못할」에는 순편한 삶의 가능성을 박탈당한 성장기 체험을 지금껏 시적 자아를 가두고 있는 운명의 원둘레, 쉽게 놓여나지 못할 업(karma)으로 보는 시선이 떠올라 있다. 현재적 작용을 그치지 않는 이 과거의 기억이 오늘 그가 짊어진 마음의 짐이라면 마음 바깥에는 끝없이 되풀이되는 밥벌이의 일상이라는 굴레가 있다. 여기에 대해서 그는 일터에 똥물이 뿌려지는 상상을 하기도 하고(「거대한 건물」), 출근길 승강기 속의 자기 모습을 창자를 거슬러 오르는 배설물에 빗대기도 한다(「엘리베이터를 타면 맹금류의 直腸에 걸린 풀 같다」). 이런 구절들이 떨구어내지 않고 있는 것은 지나친 위악의 기미이다. 반면 진정성을 띠지 못하는 나날들 앞에 선 일상인의 좌절감이 직핍하게 전해오는 것도 사실이다. (시인은 또 「아난각 유리부처」에서 소통불능의 일상과 "어디 먼 마을"에서 내리는 눈이 표상하는 진정성에의 그리움을 대비시킨다.) 시적 자아의 줄기찬 여행의 행보는 이처럼 기억과 일상 양편에서 주어지는 실의의 경험에 부축된 방황과 표류의 과정이면서 그것에서의 위안과 쇄신을 구하는 모색의 도정이라고 할 수도 있다.

> 물결 사이를 유령처럼 떠도는 치어들
> 그들은 어디서 왔을까
> 햇살 닿자 강바닥에 그림자 기어가는 소리
> 그들은 물 아래 그림자가 낳았다
>
> ——「수타사 계곡」 부분

여행지에서, 또 여행을 배경삼지 않은 경우에도, 장대송의 시가 즐겨 눈길을 건네는 이미지의 계열이 있다. 바람, 그림자, 연기, 수평선과 지평선, 냄새, 유령, 윤사월 등이 그것들이다. 이들의 속성은 간단히 말하여 고정된 실체를 갖지 않거나 실체에서 파생된 존재라는 것이다. 어떤 의미에서는 사람의 지각 속에서 비로소 존재하기 시작하는 사물들이라고도 할 수 있을 것이다. 이들 덧없고 가변적이며 유동적인 존재들에 대해 장대송의 시는 거의 무의식적인 이끌림을 보여준다. 반면 사물이든 사람이든 어떤 가치에 관련된 것이든 견고한 것, 제 실체를 완강하게 주장하는 대상이 장대송 시에서 차지하는 자리는 매우 비좁다. 그럴 뿐 아니라 고형/고체(화)의 이미지는 많은 경우 부정적인 맥락을 업고 나타난다. (시인의 일상과 연루된 '거대한 건물' '엘리베이터' '마그네틱 테이프' '스튜디오 창' 같은 사물들이 그렇고, 굳어짐/메마름의 상태를 형용하는 어사들도 대개 부자유나 비본래성을 가리키는 맥락에서 쓰이고 있다.)

덧없는 것에의 친화, 견고한 것에 대한 이 염오는 일찍이 '너무 많은 실재성' 앞에 어느 소설의 주인공이 느낀 바 있었던 구토감을 연상케 한다. 장대송 시의 분주한 떠돎을 견고한 것에의 발돋움으로 가득한 세속에 대한 구역질/멀미의 발로라고 이해할 수도 있다. 여하튼 비실체적인 것에 대한 시인의 편향은 앞의 인용시가 실체와 그림자의 관계를 역전시켜놓고 있는 데서 뚜렷이 드러난다. 치어들이 그림자의 주인인 것이 아니라 그림자가 치어들을 낳는 것이다.

이러한 뒤집음, 그리고 더 일반적인 의미에서 비실체적인 것에 대한 장대송 시의 이끌림은 실체와 뗄 수 없는 관계론적 일체성 속에 있되 삶의 가치서열에서 변두리로 밀려나 있거나 열등한 것, 한갓진 잉여로 인식되는 대상을 실체와 대등한 존재로

복원하려는 마음의 움직임(무의식적인 것만도 아니고 완전히 의식적인 것도 아닐)을 표현하고 있을 것이다. 그래서 우리는 위의 치어와 그림자의 관계에서 보는 것과 동일한 상상력의 흐름을 빛/어둠, 밝음/그늘, 삶/죽음의 대립항에서도 만나게 된다. 시인은 이들 관계쌍의 뒤편에 시선의 우위를 주는 가운데 그것들을 둘러싼 위계적인 의미의 질서를 흐트러뜨리고 그들 사이의 깊은 상호의존을 낯선 맥락에서 드러낸다. 이때 태어나는 것이 이를테면 '검은 빛'이라는 형용모순적인 이미지이다.

봄빛과 느릿이 합궁하는 내 몸빛은? 검다
모든 꽃 속에 숨겨진 검은 빛
왔다 사라짐이 보이지 않아 유독 아름답다
봄날 저녁햇살에 등 기대면
빛의 묘지 속

——「빛의 묘지 1」 부분

빛이 있는 것은 어둠이 있기 때문이라는 산문적 명제, 사물들이 흔히 경험시켜주는 빛 속의 어둠, 어둠 속에 숨은 빛의 발견을 검은 빛의 이미지는 집약한다. 현실에서나 상징의 계보에서나 검은 색이 죽음의 빛깔인 것처럼 이 이미지가 또한 불러들이고 있는 것은 죽음의 기운이다. 그러나 여기에 암시되는 죽음은 삶과 시간적 선후관계를 맺고 있는 것이 아니라 삶과 동시에 존재하는 것으로 나타난다. 꽃의 피어남이 표상하는 생명의 약동 속에 이미 죽음이 숨쉬고 있는 것이다. 생명의 약동에 온전히 몰입하는 대신 거기서 죽음의 그림자를 발견하는 시인의 눈길에는 생에 대한 비관과 허무의 편린이 깃들여 있다고 생각될 여지가 있다. 장대송 시에 그런 요소가 없다고 할 수는 없겠지만,

여기서 더 본질적인 것은 생의 어쩌지 못할 찰나성과 한계성을 인정하고 존재를 둘러싼 심연／허방을 응시하려는 의지이다. 그것은 죽음을 삶의 권역에서 밀어내지 않고 동거자로 받아들이려는 자세와 표리의 관계를 맺고 있다. 삶과 죽음을 제 안에서 공생시키는 의식은 허무주의와 근린성을 가질 수도 있지만, 장대송 시가 그런 방향으로 나아가듯이, 삶을 최대한의 충일함 속에 체험하게 하는 바탕이 될 수도 있다. 목숨 가진 모든 것이 마침내 사라져가리라는 의식을 놓치지 않는 눈길 앞에 뭇 존재의 범연한 움직임들은 슬프도록 아름답게 비쳐온다.

갯바람의 무리는
山竹들이 언 살을 비벼내는 소리로 사각대었고
황혼은
황사처럼 잘게 부서져 곱게 쌓였다
양곡을 나와서 슬프다던 그대
숭숭 뚫린 그물 같은 함지에 와서야 편안한가
탁류에 떠밀리는 철새들
이제 곧 젖은 깃털을 털고 돌아갈 것이다
어쩌면 새들은
그 자리에 가만히 앉아 있고
땅과 계절과 사람들만이 밀물에 떠밀릴진대
산을 이고 온 그대, 여처럼 물속에 잠기고 싶은 충동 일지 않는가

——「빛의 묘지 2」 부분

우리는 마지막 두 행을 단순히 죽음 또는 소멸에의 이끌림으로 읽어서는 안될 것이다. 비슷한 맥락에서 「늙은 여자의 뱃속

이 그립다」 같은 시가 이야기하는 자궁회귀 욕망도 순전한 퇴행 충동으로 받아들여질 수는 없다. 그것들이 표명하는 것은 뭇 생명의 뿌리에 대한 그리움이고, 그 근원과의 (재)접촉을 통해 존재의 정화를 경험하려는 충동이다. 이 충동은 지금 여기의 삶이 어떤 진정한 존재방식에서 멀리 떨어져 있는데도 그 사실 자체가 망각되고 있다는 느낌과 손을 맞잡고 있다. "늙은 여자의 뱃속을 빠져나온 후/여자의 태반은 돌산에 거적때기처럼 버려져서 말라 비틀려갔지만/그래도 우리는/사람과 사람, 시간과 시간 사이에 숨어서/애써 그것을 잊으려 하고 있다"는 산문적인 진술을 통해 시인이 말하고 있는 것은 그것이다. 아마 이 진술이 생략하고 있는 것은, 그렇기 때문에 저 모든 환란들이 빚어져온 것 아니겠는가라는 물음일 것이다. 장대송 시에 나타나는 죽음의 이미지들은 이러한 근원에의 망각을 깨뜨리고 생명의 질서를 새삼스레 감각하게 하는 촉매가 된다. 따라서 그것은 의연히 삶의 편에 서 있는 것이다.

죽음이 던져주는 빛에 이끌려 더욱 확연히 드러나는 삶의 정황이 방금 인용한 「빛의 묘지 2」처럼 아름다울 수만은 없다는 것은 말할 나위가 없다. 오히려 시적 자아가 분주한 여행길에서 더 자주 마주치는 것은 간신히 지상에 몸을 붙이고 살아가는 사람들의 반복적이고 곤비한 삶의 풍경이다. 장대송의 시적 자아는 이 풍경 속으로 뛰어드는 법 없이 관찰자로 머물러 있다. 독자가 이번 시집에서 어떤 힘있게 몰입하는 기운이 다소 부족하다는 느낌을 갖는다면 그것은 부분적으로 이 사실과 관련이 있을 것이다. 그러나 이 관찰자의 시선은 착잡하다. 거기에는 주어진 생을 애써 보듬고 살아가는 존재들에 대한 공감과 연민, 그렇게밖에 살 수 없는 생의 비좁음과 너절함에 대한 탄식이 얼크러져 있다. 그러나 그 너절함을 떠나서 삶은 없다. 내가 보기에 이 시집의 중요한 심상 가운데 하나인 '마른 떡' 뜯어먹는 몸짓은 이에 대한, 간단치 않은 우회를 거쳐 얻어지는 동의와 수락을 나타낸다.

無巾리 임자 없는 뫼동 앞에서
마른 떡을 뜯으며 봐야
태백의 가지들
땅에서 살고 있는 사람들
서로 다르게 빠져나온 등뼈가 있다
——「용강동 뒷골목을 서성이던 바람」 부분

광부들이 떠나간 사택촌의 빈집들
집들의 웅크림은 정말 멀고 아득하다
(중략)
집들도 벗겨진 흰돌고래의 누런 허물 같은 빛들을 게워내고 있다
그대, 빛을 바라보며
마른 떡을 뜯어먹고 싶지 않은가
——「빛의 묘지 5」 부분

이미 광휘로움을 잃은 빛 아래, 낮고 쓸쓸한 자리에서 굳어 딱딱해진 떡을 하염없이 저작(咀嚼)하는 몸짓에는 깊은 비애가 어려 있다. 모든 곤고한 조건을 딛고 삶을 이어가야 하는 뭇 목숨의 욕됨이 거기서 묻어난다. 그러나 동시에 이 몸짓에는 비록 곤고하고 욕될지라도 있는 그대로의 삶을 해찰부림 없이 대면하고 감당하려는 뜻이 품어져 있다. 딱딱한 떡이 말랑말랑해져서 이윽고 먹을 만해지듯, 삶도 끈질기게 저작하노라면 또 다른 지

평이 열리는 순간이 있지 않겠는가. 『옛날 녹천으로 갔다』의 시인은 표류와 모색의 중간 기착지에서 이러한 물음을 건네고 있는 듯하다. 우리는 여기에 공감하면서, 삶을 저작하여 미지의 지평을 여는 일, 누추함과 어지러움 속으로 깊숙이 몸을 담그는 가운데 (그가 자주 쓰는 표현을 빌려) 이 눅눅한 습생(濕生)에서 존재를 건져올리는 일이 바로 시의 몫이라는 짐작을 시인에게 되돌려줄 수 있을 것이다. 나는 시인이 가진 턱의 관절과 근육이 그 일을 견뎌낼 수 있도록 내내 안녕하기를 바랄 따름이다.

후　　기

시를 모르고 시를 써왔다. 어느날 홍대 앞 술집 골목에서였다. 담벼락 보호를 위해 우둘투둘 뿌려놓은 날카로운 시멘트 뭉치들이 수만 마리의 철새떼로 변해 날아가는 것을 보았다. 철새들은 먼발치에 서 있는 겨울 물빛의 눈빛을 가진 사람들한테로 날아갔다. 그들은 다시 철새를 몰고 와서 내 뒷골을 후려쳤다. 시를 그렇게 쓰는 것이 아니라고.

내게는 그런 눈빛을 가진 사람들이 있었다. 그들은 자신의 눈두덩에 티끌처럼 붙어 있는 나를 떼어내려들지 않았다. 참 고마운 일이다. 앞으로도 그렇게 놔둔다면 결국 그 눈빛에 내 몸은 잘게 부서지고 말 것이다.

1999년 1월 녹천에서
장　대　송

창비시선 184
옛날 녹천으로 갔다

1999년 3월 5일 초판 발행

지은이/장대송
펴낸이/김윤수
펴낸곳/㈜창작과비평사
등록/1986년 8월 5일 제10-145호
주소/서울 마포구 용강동 50-1 우편번호 121-070
전화/영업 718-0541, 0542
편집 718-0543, 0544
독자관리 716-7876, 7877
팩시밀리/영업 713-2403
편집 703-3843
하이텔·천리안·나우누리 ID/Changbi
인터넷/홈페이지 www.changbi.co.kr
www.changbi.com
전자우편 changbi@changbi.com
우편대체/010041-31-0518274
지로번호/3002568

ISBN 89-364-2184-0 03810
*이 시집은 대산문화재단의 창작지원금을 받았습니다.

*책값은 뒤표지에 표시되어 있습니다.

독자회원엽서

창작과비평사의 독자가 되어 주셔서 고맙습니다.
이 엽서를 작성하신 후 우체통에 넣어주시면 독서회원의 자격이 부여되며
본사가 발행하는 간행물과 도서목록 등을 보내드립니다. 그리고 이 자료는
더 나은 편집 · 기획 · 영업을 위하여 소중한 자료로 참고하겠습니다.

◆ 구입하신 책의 이름은?

◆ 구입동기

1 주위의 권유 2 신문(잡지) 광고를 보고
3 (신문 · 잡지 · 매체) 신간안내나 서평을 보고
4 제목 · 표지 · 내용이 눈에 띄어서
5 출판사에 대한 신뢰 6 작가에 대한 호감

◆ 이 책을 읽고 난 후의 소감은? (내용, 편집, 제목, 표지 등)

◆ 평소 저희 회사의 책을 애독하고 계시다면 관심있는 분야는?

1 잡지 2 신서 3 소설선 4 시선 5 아동문고
6 교양문고 7 기타( )

◆ 현재 구독하는 신문, 잡지 이름은?

◆ 『창작과비평』을 구입해보신 적이 있습니까?

예 아니오

◆ 창작과비평사에 하시고 싶은 말씀은?

이름 (남 여) 나이
직장명 컴퓨터통신 ID
전화번호 (집) (직장)

우편엽서

우편요금
수취인 후납부담

유효기간
99.1.1～2000.12.31

서울 마포우체국 승인
제266호

보내는 사람

주소

□□□-□□□

받는 사람

(주)창작과비평사

서울 마포구 용강동 50-1
전화 716-7876 · 7877, 718-0541 · 0542
수신자부담전화 080-900-7876

121-070